Naisvalmentaja

Erika Sanders

Eroottinen Dominointi ja Alistuminen

Tiivistelmä

Erikan mielestä naisvalmentaja on erittäin seksikäs. Tekeekö hän jotain, kun hän on yksin hänen kanssaan?...

Naisvalmentaja on romaani, jolla on vahva BDSM-eroottinen sisältö, ja puolestaan uusi romaani, joka kuuluu **Eroottinen Dominointi ja Alistuminen**, sarja romaaneja, joissa on korkea romanttinen ja eroottinen BDSM-sisältö.

(Kaikki hahmot ovat vähintään 18-vuotiaita)

Huomautus kirjoittajalle:

Erika Sanders on kansainvälisesti
tunnettu, yli kahdellekymmenelle
kielelle käännetty kirjailija, joka
allekirjoittaa eroottisimmat
kirjoituksensa, kaukana tavallisesta
proosastaan, tyttönimellään.

Indeksi:

NAISVALMENTAJA
ERIKA SANDERS

Vaikka Erika oli melko uupunut päivän yliopistokursseista, hän ponnisteli silti treenatakseen yliopiston salilla. Hän tarvitsi sitä. Suoraan sanottuna hän oli softball-joukkueen huonoin pelaaja.

Toki hän oli jo hyvässä kunnossa, mutta verrattuna muihin joukkueen tyttöihin hän ei yksinkertaisesti ollut tarpeeksi hyvä ja oli ihme, että hän edes pääsi joukkueeseen. Joukkue tarvitsi minimimäärän pelaajia ja Erika oli se minimi.

Suoritettuaan työntö/veto-rutiinin eri koneilla, hän veti henkeä ennen kuin osui vatsalihaksiin. Hän teki kolmekymmentä toistoa nopeasti peräkkäin penkillä , lepäsi minuutin ja toisti sarjan vielä kaksi kertaa.

Kun hän kamppaili viimeisellä sarjalla, hän katsoi ylös nähdäkseen valon peittävän kasvot. Nainen seisoi satunnaisesti hänen päällänsä hikinen kasvot, sotkuinen poninhäntä ja pyyhe kaulan ympärillä.

"Tule, toistot, toistot, toistot!" nainen rohkaisi vitsillä.

Erika huomasi heti, että se oli valmentaja Bethy. Hän työnsi muutaman ylimääräisen toiston vatsalihaksilleen ikään kuin todistaakseen sitkeytensä ja nousi sitten tervehtimään valmentaja Bethyä.

"Hei", hän hymyili ja hengitti syvään harjoituksesta.

Valmentaja Bethy hymyili takaisin.
"Anteeksi, että häiritsen harjoitteluasi.
Tarvitsit vauhtia."

"Joo, yritän päästä parempaan kuntoon."

"Olen iloinen nähdessäni, että
työskentelet kovasti", valmentaja Bethy
vastasi.

"Mistä puheen ollen, olitko täällä koko
ajan? En ollut nähnyt sinua."

Valmentaja Bethy pyyhki hänen
kasvonsa pyyhkeellä. "Olin viimeiset
puoli tuntia saunassa. Sitä ennen tein
tunnin kardiotreeniä juoksumatolla."

"Kiva."

"Oletko juoksija, Erika?" hän kysyi.
"Kuinka usein juokset?"

"En niin paljon kuin haluaisin. Juoksen
useammin, kun ei ole koulua. Ehkä 3-5
mailia."

"Ihana."

"Ilmeisesti minulla ei ole tuloksia kuten
sinulla", Erika vastasi huomaten
valmentajan lihaksia aaltoilevan
hengittäessä. "Tarkoitan, luoja, fyysisi on
hämmästyttävä."

Valmentaja Bethy taivutti hauis. "Kiitos.
Paljon kovaa työtä."

"Tarkoitan vakavasti. Sinulla on loistava
genetiikka."

"Jossain mielessä, mutta rehellisesti sanottuna, olen älykäs rutiineissani."

"Onko salaisuuksia?" Erika tiedusteli. "Tappaisin, jos minulla olisi sinun kaltainen vartalosi."

"Ensinnäkin kiitos, se on ihanaa. Toiseksi, ole ylpeä vartalostasi. Naiset ovat liian ankaria itselleen. Minusta jokainen nainen on upea omalla ainutlaatuisella tavallaan. Ole oma itsesi ja rokkaa mitä sinulla on."

Erika nyökkäsi. "Voi, olen ehdottomasti samaa mieltä tästä tunteesta. Mutta kaikki tytöt eivät ole urheilujoukkueessa. Itse asiassa olen sinun joukkueessasi, ja todennäköisyytemme voittaa pelejä kasvaisivat eksponentiaalisesti, jos olisin paremmassa kunnossa."

Tehokkuuden lisäämiseksi Erika nyökkäsi ripsiään ja valmentaja Bethy nauroi.

"Kerro minulle tyypillinen harjoitusrutiinisi ja ruokavaliosi. Sitten annan sinulle ajatuksia, jos voin."

Erika kertoi nopeasti tavanomaisesta kunto-ohjelmastaan ja ravitsemussuunnitelmastaan; kaikkea siitä, kuinka hän piti juosta ja mitä harjoituksia hän teki.

"Luulen, että löysin ongelmasi", valmentaja Bethy sanoi päättäväisellä äänellä.

"Mikä se on?"

"Olet todennäköisesti saavuttanut tasangon. Silloin kehosi on niin tottunut

samaan rutiiniin, että se lakkaa
sopeutumasta, joten et saa enää voittoa."

Erika puristi huuliaan. "Hmmm...
Mielenkiintoista. Olen käyttänyt samaa
rutiinia vuosia, joten saatat olla
oikeassa."

"Ehkä nosta raskaampia painoja tai
kokeile räjähtävämpiä harjoituksia.
Vaihda asioita ja löydä jotain hauskaa."

"Onko suosituksia?"

"Henkilökohtaisesti pidän uimisesta",
valmentaja Bethy vastasi. "Sillä on vähän
vaikutusta niveliin, korkea intensiteetti
ja se antaa minulle vapauden tunteen,
kun olen vedessä."

"Jumala, rakastin uimista lapsena.
Harvemmin, kun perheemme muutti

toiseen paikkaan. En ole käynyt uimassa ollenkaan sen jälkeen, kun muutin yliopistoon."

"Tässä. Ongelma ratkaistu. Kokeile uintia. Ui kovaa, ui nopeasti, mutta älä tee itseäsi liian kipeäksi, tai muuten et voi harjoitella softballia kunnolla. Jos yhdistät sen hyvän ruokavalion kanssa , Huomaan suuria muutoksia kehossasi."

"Ongelma on, että kaikki lähellä olevat uima-altaat ovat aina kiireisiä", Erika voihki. "Etenkin yliopiston allas."

"Totta, siksi saavun kampukselle aina aikaisin ja uin yksin. Aikataulu toimii minulle täydellisesti."

"Uinti yksin? Sen täytyy olla mukavaa. Voin vain haaveilla."

"Tunnenko minä kateutta?" valmentaja
Bethy kiusoi. "Kyllä, minulla on uima-
allas yksin. Se on minulle terapeuttista
sekä fyysisesti että henkisesti. Se on
loistava tapa aloittaa kiireinen päivä."

"Olen täysin kateellinen."

"Olet tervetullut seuraani, kunhan pidät
sen salassa."

"Oletko varma?" Erika kysyi
hämmästyneenä tarjouksesta.

"Miksi ei? Tuletko epämukavaksi?"

"Riippuu. Oletko sarjamurhaaja?"

Valmentaja Bethy pudisti päätään. "Ei,
mutta saatan olla sarjamurhaaja, joka

tappaa muita sarjamurhaajia, kuten
Dexterin."

"Toimii minulle", Erika vastasi ennen
kuin pysähtyi miettimään. "Enhän minä
häiritse sinua? Tarkoitan, en halua
häiritä yksityistä aikaasi."

"Hölynpölyä. Olen uima-altaalla klo 6.45
maanantaiaamuna. Jos olet kiinnostunut,
ole ajoissa ja tuo pyyhe ja uima-asut.
Meillä on tunti yksin."

"Se on treffit", Erika hymyili.

Valmentaja Bethy katsoi kyseenalaisena.
"Mielenkiintoinen sanavalinta. Joka
tapauksessa minun täytyy olla menossa
ja tarvitsen suihkun. Anteeksi, että
keskeytin vatsaharjoittelusi."

"Ei hätää. Vatsalihakseni on joka tapauksessa imeä."

Valmentaja Bethy löi Erikan vatsaa. "Maanantaiaamuna. Näytän sinulle muutamia hyviä ab-rutiineja uima-altaassa."

"Luuletko, että se toimii minulle?"

"Se on toiminut minulle", valmentaja vastasi hieroen omaa litteää vatsaansa tunten kireät lihakset.

LUKU 2

Vakavasti, Erika oli hämmästynyt mahdollisuudesta harjoitella yksityisesti valmentaja Bethyn kanssa. Loppujen lopuksi tämä naisvalmentaja oli mahtava henkilö ja upeassa kunnossa.

Syvällä sisimmässään Erika haaveili aina olevansa se tyttö. Tyttö, joka osui voittolaukaukseen, koko joukkue nosti hänet olkapäilleen, jotta hänet voitaisiin viedä ympäri kenttää sankarina. Se oli epätodennäköistä, mutta fantasiaa kuitenkin.

Maanantaina hän saapui ajoissa ja tervehti valmentaja Bethyä. Avattuaan altaan lukituksen, sytytettyään valot ja laitettuaan lämmityksen päälle he menivät pukuhuoneeseen vaihtamaan vaatteet . He pukeutuivat uima-asuihinsa eri kaappeihin, jotta he eivät näkisi toisiaan alasti.

He tapasivat allasalueella, jossa he ihailivat toistensa uima-asuja.

"Onko se uutta?" valmentaja Bethy kysyi.

"Joo. Ostin sen viikonloppuna."

"Kiva. Näyttää siltä, että olet valmis lähtemään."

He tekivät lämmittelynsä ja löysivät raajojaan useita minuutteja. Kun heidän ruumiinsa olivat lämpimät, he sukelsivat altaaseen ja uivat kierroksia. Aluksi normaali vauhti. Sitten he uivat nopeasti edestakaisin altaan molempien päiden välillä kehittäen voimaaan ja kestävyyttään.

Kymmenen kierroksen jälkeen, joiden välillä oli hyvin vähän lepoa, he nojasivat altaan reunaa vasten käsivarret betonilla.

"Se oli intensiivistä", Erika huokaisi raskaasti.

"Se oli. Ja minä rakastan sitä."

Erikan syke siirtyi kohti normaalia. "Olen varmasti kipeä huomenna."

Valmentaja Bethy kohotti kulmakarvojaan. "Luuletko siis, että olemme jo valmiit?"

"Emmekö olekin?" Erika vastasi.

"Vatsalihaksesi, muistatko? Etkö halunnut työstää niitä?"

"Luulen, että olen saanut tarpeekseni perusharjoittelusta näiden kierrosten uimisesta."

Naisvalmentajan huulille nousi sadistinen hymy. "Hölynpölyä. Olemme jo uima-altaassa, joten voimme yhtä hyvin tehdä sen, mitä varten tulimme tänne. Seuraa ohjeitani. Laita selkäsi seinää vasten, pidä kiinni betonista käsilläsi ja nosta jalkaa. Näin ."

Valmentaja Bethy johti esimerkkiä, laittoi selkänsä seinää vasten, lepäsi kätensä betonin päällä ja teki sitten jalkojen nostuksia, jotta hänen jalkansa löysähtäisivät vedestä. Hän teki useita toistoja. Erika teki samoin, mutta kamppaili kolmannen toiston jälkeen.

"Tämä on vaikeaa", Erika huokaisi ja laski jalkansa takaisin. "Se on niin paljon vaikeampaa, kun vesi lisää vastustuskykyä."

"Se on asian ydin."

"En voi jatkaa."

"Toki voit, muutama toisto lisää."

Erika työnsi kielensä ulos. "Ughhh... voitko auttaa minua ainakin?"

"Varma."

Tuolloin valmentaja laittoi kätensä veteen auttamaan Erikaa painamalla hänen alareiteensä, jolloin toistoja voi tehdä enemmän.

"Nyt tätä kutsun treenaamiseksi", Erika hymyili, kun valmentaja auttoi nostamaan hänen jalkojaan vielä muutaman toiston ajaksi.

"Olen yllättynyt, että en ole rehellisesti sanottuna vielä pelottanut sinua."

"Treenistä? En ole paras luonnollinen urheilija, mutta en myöskään luopuja. Vaikka yritin lopettaa hetki sitten. Olen sitkeä, kun minun on pakko."

Erika jatkoi jalkojen nousua vedessä valmentajan avustaessa hänen liikkeitä.

"Tarkoitan toista asiaa", valmentaja Bethy sanoi. "Et vaikuta tyypiltä. Siksi olen yllättynyt."

"Nyt olen täysin sekaisin."

"Unohda koko juttu."

Erika laski jalkansa alas ja he katsoivat toisiaan. "Viitteit johonkin viime viikolla, ettet halua treenata kanssani. Nyt vihjaat taas jotain. Puuttuuko minulta jotain? Tarkoitan, oletko sarjamurhaaja vai mitä? Lupaan, että en kerro. "

"Etkö tiedä?" valmentaja Bethy kysyi. "Olen lesbo. Luulen, että olet ainoa tyttö ryhmässä, joka ei ole vielä kuullut."

"Vai niin..."

"Etkö saanut muistiota?"

"En tiennyt, että sellainen on olemassa", Erika kohautti olkapäitään.

"Ymmärrän, että on vuosi 2023, enkä tarkoita, että olisitte homofoobia tai mitään muuta. Mutta jotkut joukkueen tytöistä ovat uskonnollisia taustoja, joiden vanhemmat lahjoittavat paljon rahaa tähän akateemiseen oppilaitokseen. Se on hankala asia. "

"Piristävätkö he sinua?"

Valmentaja Bethy pudisti päätään. "Ei, ei mitään sellaista. Se on pitkä tarina. Mutta pohjimmiltaan jotkut joukkueen tytöistä näkivät minun suutelevan naisprofessoria pukuhuoneessa."

"Naisprofessori?" Erika kysyi piilottaen yllätyksensä.

"Kyllä, naisprofessori. Se oli lyhytaikainen asia. Opettaja ei malttanut odottaa ja tuli sisään ja suutelimme. Luulin, että meillä oli tarpeeksi yksityisyyttä, joten annoin sen. Joka tapauksessa he näkivät sen ja olivat yhtä järkyttyneitä kuin olet. Puhuimme ja he suostuivat pitämään sen salassa minulle. Tytöistä tulee kuitenkin tyttöjä, ja tiedän, että he levittävät tietoa minusta. Olen huomannut joidenkin joukkueen naispelaajien kikattavan minut nähdessään . Hei, se on elämää, eikö?"

"Se on perseestä."

"Mitä voin tehdä? En ole tässä etuasemassa."

"On vuosi 2023, voit olla niin homo kuin haluat", Erika totesi.

"Tiedän. Mutta stigma tulee olemaan siellä, enkä halua tehdä asioista outoja, koska olen paljon tämän toimielimen merkittävien jäsenten kanssa. Jäseniä, jotka, sanokaamme, ovat paljon perinteisempiä kuin me. Ei niin. se on huono asia. Näin se vain on."

"Minulla ei ole mitään ongelmia elämäntyylisi kanssa. Minusta olet upea ja mahtava. Ja tarkoitan sitä todella sydämeni pohjasta."

"Se merkitsee paljon", valmentaja Bethy hymyili. "Joka tapauksessa en ollut varma, mitä mieltä olette. Siksi epäröin meidän harjoittelua yksityisesti."

"Mistä sinä tiedät, mihin suuntaan heilun?"

"Silmäsi katsovat lihaksiani. Ei rintojani, jalkojani tai huuliani."

Erika hymyili. "Se on varmaan hyvä mittari."

"No, meidän on parasta nousta altaalta ennen kuin muutumme luumuiksi, kun olemme olleet vedessä niin pitkään."

"En ole valmis jalkojeni nostoon."

"Etkö olekin?" valmentaja Bethy kysyi tietäen minne tämä oli menossa.

"Olen varma, että voin puristaa muutaman toiston. Jumala tietää, että sydämeni tarvitsee kaiken avun, jonka se voi saada."

"Oletan, että tarvitset apua."

Erika painoi selkänsä seinää vasten ja piti kiinni betonista. "En voi tehdä näitä jalkojen nostuksia altaassa ilman apuasi. En selvästikään ole yhtä vahva kuin sinä."

"Mielestäni sitoutuminen kuntoiluun on vahvaa."

Valmentaja Bethy kurkotti kätensä veteen ja laittoi kätensä jälleen Erikan reisien alle auttaen häntä tekemään jalannostot vedessä. Tunnelma heidän välillään oli muuttunut. Tuntui kuin he olisivat lähentyneet jakamiensa tietojen ansiosta. Sitoutuminen tapahtuu yleensä näin.

"Miltä se tuntuu?" valmentaja Bethy kysyi. "Palottaako vielä?"

"Puhutko sinä ytimestäni vai käsistäsi perseeni lähellä?"

Valmentaja Bethy huokaisi pilkan. "Vastaa siihen miten haluat."

"Molemmat palavat. Hyvällä tavalla."

Naiset hymyilivät toisilleen, ja
muutaman avustetun toiston jälkeen
Erika pyysi lopettamaan vatsalihasten
kipeänä . Valmentaja Bethy päästi irti ja
Erika laski jalkansa altaan lattialle.

"Olet hyvä urheilulaji", valmentaja Bethy
sanoi iloisesti. "Pidän työmoraalistasi."

Erika jännittyi yhtäkkiä. "Saanko kysyä
sinulta jotain? Se on tavallaan noloa,
mutta haluan silti kysyä sinulta."

"Toki, mitä tahansa."

"Milloin tiesit? Tarkoitan, tiedät mitä
tarkoitan. Mutta milloin tiesit?"

Tietenkin valmentaja Bethy ymmärsi
kysymyksen. "Olen aina tiennyt. Miksi?
Ovatko vaistoni väärässä sinussa?"

Erika pudisti päätään. "Ei, no, en tiedä. Se on monimutkaista."

"Hmmm..." valmentaja Bethy humahti hänen hengityksensä alla. "Olet mielenkiintoinen ihminen."

"Miksi? Koska olen naispuolinen outo enkä lankea stereotyyppisiin laatikoihin?"

"Voi olla."

"No se on lohduttavaa", Erika vastasi.

"On okei olla utelias. Se on täysin luonnollista. Mutta en ole varma, olenko oikea henkilö, jolle sinun pitäisi puhua. Olen tämän koulun naispuolinen työntekijä ja minua sitovat eettiset ohjeet."

"Olen aikuinen."

Valmentaja Bethy veti syvään henkeä.
"Jos olet utelias jostain, olen täällä sinua
varten. Tiedän, että elät haastavaa aikaa
elämässäsi, kun olet nuori nainen
yliopistossa."

"Kiitos."

"Halusitko puhua jotain erityistä?"

"Kuinka ensimmäinen kerta tapahtui?"
Erika pakotti itsensä kysymään.
"Tarkoitanko, tavoittelitko toista
henkilöä? Vai lähtikö toinen henkilö
perään?"

"Se oli molemminpuolista, ollakseni
rehellinen. Ensimmäisen kerran olin
suunnilleen sinun ikäiseni, kun olin

yliopistossa. Olin tämän tytön kämppäkaverit. Säästän teidät yksityiskohdista. Mutta tiesin, mikä olen. Hän oli aidalla noin Meillä oli yhteistä se, että onnistuimme todella hyvin. Meillä oli loistava kemia yhdessä, ja yllättäen hän oli kiinnostunut minusta."

"En pidä sitä ollenkaan yllätyksenä. Olet kuuma."

Valmentaja Bethy hymyili: "Kiitos. Mutta se oli ensimmäinen kerta. Se tapahtui eräänä iltana, kun opiskelimme yhdessä. Säästän sinut seksikkäiltä palasilta."

"Opiskelu ja sitten suuteleminen. Se kuulostaa aika siistiltä."

"En voi vieläkään uskoa, että vaistoni olivat väärässä sinua kohtaan."

Erika kohautti olkiaan. "Pidän tiettyjä asioita itsestäni tarkasti vartioituna. Olen hyvä salaisuuksien kanssa. En ole koskaan käynyt tätä keskustelua kenenkään kanssa."

"No, olen imarreltu. Miksi kysyt? Oliko sinulla mielessäsi joku? Onko joku, jonka kanssa olet kiinnostunut tapailemaan?"

"Ei voi. Myönnän, että ajattelen joitain naisystäviäni tuolla tavalla, enkä haluaisi suudella heitä, mutta kukaan ei ole vielä tehnyt minuun mitään."

Valmentaja Bethy nauroi. "Elätkö näin elämääsi? Odotatko muiden tekevän ensimmäisen askeleen?"

Erika nyökkäsi.

"Se ei ole hyvä elämänstrategia",
valmentaja Bethy vastasi. "Itse asiassa se
on kauhea elämänstrategia."

"Mikä on vaihtoehto? Lähde lyömään
tyttöjä paikallisessa baarissa? Löytyykö
puhelimestani lesbo Tinder-sovellus? En
tiedä mitä tehdä."

"Hmmm..."

"Mitä tuo tarkoittaa?"

Valmentaja pudisti päätään. "Unohda
koko juttu."

"Ei kerro minulle."

"Ei mitään. Ajattelin vain, että koska
osaat pitää salaisuuden, tulemme
toimeen, ja sinä olit utelias, olisin voinut

auttaa sinua pienessä pulmassasi. Tietysti se olisi eettisten periaatteiden vastaista."

Erikan silmät laajenivat, eikä hän yrittänyt peitellä tunteitaan. Voisiko tällainen tarjous todella olla pöydällä? Pelkästään sen ajattelu sai hänen jalkansa ristiin altaassa. Hän ei myöskään yrittänyt salata sitä. Itse asiassa hän oli varma, että valmentaja Bethy saattoi haistaa hänen kiihottumisensa, joka syntyi altaassa käyttämällä supervoimia.

"Minä osaan pitää salaisuuden", Erika vinkaisi.

"Säännöt ovat sääntöjä. Minun ei olisi pitänyt mainita sitä."

"Joten et koskaan aja ylinopeutta?"

"Se on eriasia."

"Miten?"

Valmentaja Bethy mietti hetken. "Vannotko, ettet koskaan kerro kenellekään?"

"Vannon. Mitä tulee salaisuuksiin, olen luotettava."

"Jos rikot tämän lupauksen, rangaistus on kuolema."

Erika nyökkäsi ripsiin ja nyökkäsi. "Kolminkertainen kiro".

"Sulje silmäsi."

Ja silloin kaikki muuttui. Erika piti silmänsä kiinni, tunsi veden virtauksen ympärillään ja tunsi sitten huulien painautuvan hänen omiaan vasten. Suudelma tuntui mukavalta, pehmeältä ja intohimoiselta. Tältä hyvän suudelman pitäisi tuntua. Se oli paljon hellämpi kuin mikään muu suudelma, jota hän oli koskaan tuntenut. Heidän huultensa koskettamisen tunne sai Erikan selkärankaan miellyttävän tunteen .

Kun valmentaja Bethy liukastui kielensä sisään, Erika tunsi pillunsa puristavan kovasti. Hänen jalkansa ristiin tiukemmin ja varpaat käpristyneet. Heidän kielensä painivat muutaman sekunnin ennen kuin valmentaja Bethy vetäytyi.

"Voit avata silmäsi nyt", valmentaja sanoi.

Erika avasi silmänsä nähdäkseen kauniin hymyilevän naisen. "Se oli..."

"Nyt tiedät millaista se on. Uteliaisuus on poissa."

"Pidittekö siitä? Tarkoitan, että teet sen minulle."

Valmentaja Bethy nyökkäsi. "Rehellisesti sanottuna, maistut hyvältä. Herkullista jopa."

"Kiitos", Erika punastui. "Sinä myös."

"Meidän täytyy mennä nyt. Minulla on tunti noin puolen tunnin kuluttua. Tämä oli mukavaa. Emme kuitenkaan voi tehdä sitä enää koskaan."

"Miksi ei?"

"Ei kovia tunteita, okei? Nähdään huomenna harjoituksissa."

Kun valmentaja Bethy yritti poistua uima-altaasta, Erikan vaistot ja hormonit potkaisivat liikkeelle, ja hän tarttui naisvalmentajan vyötäröltä ja veti hänet lähelle, jotta he suutelivat uudelleen. Erika yllätti itsensä tehdessään sen. Hän oli vieläkin yllättynyt siitä, ettei valmentaja Bethy lyönyt häntä kasvoille.

Sitten suudelma päättyi ja he katsoivat toisiaan.

"Olen pahoillani, että tartuin sinuun tuolla tavalla", Erika sanoi hieman pahoillaan. "En tiedä, mikä minuun tuli."

"Olet nuori ja nautit suudella. Ymmärrän sen. Mutta älä koskaan pelaa

dominoivasti kanssani. Tämä on
kuntosalini. Olen naisvalmentajani. Olen
vastuussa."

Nyt oli valmentajan vuoro hallita
vetämällä Erikaa vielä syvempään
suudelmaan ja näyttämään, kuinka tämä
tehtiin. Naisvalmentaja osoitti aidon
hallinnan tunteen tilanteesta, ja hän jopa
liukasteli kätensä alle, veti Erikan
uimapuvun alushousun sivulle ja työnsi
kaksi sormea sisään pysähtymättä
ennen kuin Erika tuli.

Ja Erika tuli hetkessä.

LUKU 3

Se oli kaikki mitä hän pystyi ajattelemaan. Miksi tällaisen kokemuksen jälkeen ajatella mitään muuta?

Siksi Erikalle oli suuri yllätys, että valmentaja Bethy ilmeisesti antoi hänelle kylmän olkapää seuraavan päivän harjoituksissa. Jälleen kerran valmentaja pelasi suosikkeja ja vietti suurimman osan ajastaan kommunikointiin huippupelaajien kanssa ja yleisten ohjeiden antamiseen. Se oli ymmärrettävää, kun otetaan huomioon joukkueen voittopaine.

Mutta silti, et suudella tyttöä, tee häntä altaassa ja teeskentele, että sitä ei koskaan tapahtunut. Se ei vain ole oikein. Ainakin Erika odotti hymyn ja heilutuksen hei, mutta hän ei edes saanut sitä.

Mikä pahempaa, valmentaja Bethy jopa pyysi häntä laittamaan laitteet pois itse, koska oli hänen "vuoronsa siivota". Hän tuli varmaksi, että häntä rangaistiin liian aggressiivisesta seksuaalisesta käyttäytymisestään uimahallissa, ja tämä oli valmentajan tapa kertoa hänelle, kuka on pomo.

Kun Erika vihdoin pääsi suihkuun, hän käytti aikaa ja käytti tilaisuuden rentoutua. Muut tytöt olivat jo käyneet suihkussa, poistuneet pukuhuoneesta ja köyhä Erika oli aivan yksin. Hän pesi itsensä ja shampoolla hiuksensa. Hän saattoi vain ajatella, kuinka hänellä oli tämä kaunis kokemus valmentaja Bethyn kanssa, joka jotenkin meni sekaisin.

Kun shampoo huuhtoutui pois ja hän
veti hiuksensa taaksepäin, hän näki
jonkun silmäkulmassaan ja kääntyi
näkemään valmentajan Bethyn seisovan
siellä, edelleen pukeutunut
yksinkertaiseen t-paitaan ja verkkarit,
nojaten seinää vasten tuijottaen häntä.

Erika sammutti suihkun ja antoi veden
tippua kehostaan. Hänellä ei ollut
ongelmaa seistä peppu alasti
naisvalmentajansa edessä. Ehkä se
johtui siitä, että hän oli jo niin uupunut;
fyysisesti harjoituksesta ja
emotionaalisesti hänen kokemastaan
huonosta kohtelusta. Tai ehkä siksi, että
oli kiihottavaa päästää hänen
naisvalmentajansa nähdä hänet
paljaana.

"Näytät söpöltä tällä tavalla", valmentaja
Bethy sanoi ihaillen.

"Kuten alasti?"

Valmentaja Bethy hymyili. "Kyllä, tissisi ovat kauniit, kuten kuvittelin niiden olevan. Rakastan tapaa, jolla vesi peittää pirteät rintasi, ja niiden vaaleanpunaisten nännejen vuoksi on pakko kuolla."

Rauhoittavat sanat saivat Erikan pitämään leukaansa korkealla ja osoittamaan rintaansa eteenpäin.

"Pysy menossa."

Valmentaja Bethy tutki lisää. "Sinulla on ihana vartalo. Pehmeä iho. Kiva muoto. Ja kiva pyöreä peppu, jonka väliin toivoisin voivani haudata kasvoni."

Erika puristi takapuolen poskiaan jo pelkästä maininnasta sen pyöreästä muodosta.

"Ehkä antaisin sinun leikkiä perseelläni, jos et olisi tänään niin halveksivainen minua kohtaan. Eikö meidän allasjuttumme merkinnyt sinulle mitään?"

"Ensinnäkin olet aivan herkullinen", valmentaja Bethy vahvisti. "Toiseksi, syy, miksi määräsin sinut siivoamaan, on se, että olisimme nyt kahdestaan."

Erikan pillu puristui. "Vai niin."

"Olen rehellinen; en voi lakata ajattelemasta sinua. Mutta samalla en halua menettää työtäni tai mainettani tämän takia."

"Voin pitää salaisuuden", Erika sanoi.

"Vannoa?"

"Vannon."

"Hyvä, koska tarvitsen suihkun",
valmentaja Bethy vastasi. "Laitatko vettä
ja autat pesemään minut?"

Erikan sydän jätti lyönnin väliin. "Toki,
mitä tahansa."

Erika juoksi uudelleen suihkuvettä
katsellen valmentaja Bethyä riisuvan
vaatteensa aina niin rennosti.
Valmentajan paidan alla oli mustat
urheiluliivit, jotka peittivät pienet rinnat.
Naisvalmentaja riisui kenkänsä ja
sukkansa seisoen paljain jaloin lattialla;
sitten poistui hänen housunsa paljastaen
hänen housunsa.

Hulluinta oli, että valmentaja Bethy riisuutui kuin hän olisi yksin. Ei katso ketään. Ei epäröintiä. Ei siinä mitään seksikästä. Kun hän riisui urheilurintaliivit ja pikkuhousut, hän paljasti alaston vartalonsa ja rintojensa ja haaransa ympärillä oli bikinirusketus. Hänen rinnansa olivat pienet, mutta ruskeat nännit olivat suuret ja jo jäykät.

Erika pysyi jäässä, kun naisvalmentaja lähestyi häntä ja meni veden alle huuhtelemaan itsensä. Sitten hän astui sivuun.

"Shampoo", valmentaja sanoi selkä käännettynä. "Käytä sitten kuorintaasi minuun."

"Kyllä, valmentaja Bethy."

Erika laittoi innokkain käsin käteensä riittävän annoksen shampoota ja hieroi sitä valmentajansa hiuksiin. Hän hyväili ja hieroi, kunnes valkoisia vaahtoisia kuplia oli kaikkialla. Oli hauskaa ja oudon eroottista pestä toisen naisen hiuksia.

Seuraavaksi tuli hauska osa. Erika pesi kätensä suihkuvedellä ja laittoi sitten geeliä kuorintalle.

"Joka paikassa?" Erika kysyi.

Valmentaja Bethy kääntyi päin Erikaa, niin että he olivat kasvokkain, alasti.

"Joka paikassa."

Erika veti syvään henkeä ja ryhtyi työstämään Bethyn ruumista. Aloita ensin "turvallisista" paikoista, kuten hartioista ja käsivarreista, tuntemalla laiha lihaksen sävy. Sitten hän siirtyi rintojensa päälle. Hänen silmänsä ihailivat rusketuslinjoja. Erika halusi epätoivoisesti puristaa niitä suuria ruskeita nännejä, mutta hänellä ei ollut lupaa, joten hän vältti tekemästä sitä. Siitä huolimatta hän painoi kuorintaa nänneille ja rinnoille ja katsoi niiden heiluvan hieman. Jalat tehtiin viimeksi.

"Laita nyt pensas alas", valmentaja Bethy sanoi. "Hierauta ihoani. Näin kehot puhdistuvat, eikö niin?"

"Kyllä", Erika vastasi.

Oli puhdasta iloa, kun Erika hieroi paljain käsin naisvalmentajan saippuavaahtoa ja tunsi sen sävyn ja lihan. Hän sai vihdoin tuntea ne rinnat, jopa hieroa niitä nännejä (vaikka hän ei silti voinut kerätä rohkeutta puristaa niitä). Hän jopa hieroi naisvalmentajan urheilullisia reisiä, pohkeita ja kiinteää takapuolta.

"Kaikkialla", valmentaja Bethy sanoi kääntäen selkänsä Erikaa kohti. "Hero klitoistani."

Erika huokaisi. "Etkö pelkää, että joku saa meidät kiinni?"

"Tähän aikaan päivästä kenenkään ei pitäisi olla täällä takaisin. Joka tapauksessa on parasta pitää kiirettä."

"Mitä oikein haluat minun tekevän?"

"Tee minusta cum."

Erika nyökkäsi. "Oikein. Haluat minun palauttavan palveluksen uima-altaalta."

"Fiksu tyttö."

Erika painoi alaston vartalonsa etuosaa naisvalmentajan alastomaa takapuolta vasten. Se tuntui sähköiseltä. Sitten hän kurkotti eteenpäin oikealla kädellään ja kosketti naisvalmentajan haaraa ja ulompia häpyhuulet. Se tuntui salamalta. Sitten hän hieroi naisvalmentajan klitorista. Voi luoja...

Se oli melko yksinkertaista. Erika toteutti normaalin itsetyydytysrutiininsa kahdella sormella naisvalmentajan pillua vasten ja reaktio oli välitön. Valmentaja Bethy voihki ja nojasi päänsä taaksepäin nautinnosta.

"Olet niin hyvä siinä", valmentaja Bethy huokaisi. "Missä olet ollut koko elämäni?"

Erika jatkoi klitoosinsa hieromista. "Nyt voin olla apunaisvalmentajanne."

"Täsmälleen. Epävirallisesti, eli. Täydellinen stressin lievitykseen kaikissa olosuhteissa. Älä lopeta, aion cum."

Näiden sanojen kuuleminen sytytti vain tulen Erikan alla. Hän piti naisvalmentajan alastomaa vartaloa tiukasti kiinni ja hieroi kiivaasti.

Yhtäkkiä naisvalmentajan vartalo jännittyi ja hän nojasi päätään pidemmälle taaksepäin. Hän hengitti syvään ja piti sitä, ikään kuin hänen sydämensä olisi pysähtynyt, ja sitten hän hengitti kaiken ulos. Kaikki hänen päivän stressinsä katosivat hetkessä ja korvattiin kokonaan nautinnolla.

"Se oli ilo", valmentaja Bethy henkäisi.

"Tiedätkö, jos käteni eivät olisi saippuan peitossa, nuolisin sormiani nyt."

Valmentaja Bethy kääntyi ympäri, jotta he kohtasivat toisensa. "Teetkö sitä yleensä masturboimisen jälkeen?"

"Jos olen oikealla tuulella."

"Hyvä tyttö."

He nauroivat ja suutelivat toisiaan huulille. Sitten he astuivat yhdessä suihkuveteen ja antoivat saippuan valua viemäriin.

Kun he sulkivat veden, he suutelivat vielä, ja sitten yhtäkkiä he kuulivat sen: puhuivat ja nauroivat. Kaksi tai kolme tyttöä oli juuri tullut pukuhuoneeseen.

"Voi vittu", Erika kuiskasi haukkoen. "Meidän täytyy pukeutua."

"Ei aikaa. Seuraa minua."

Valmentaja Bethy tarttui Erikan ranteesta ja veti hänet ulos suihkusta samalla kun hän tarttui omiin vaatteisiinsa. He tippuivat pukuhuoneen takaosaan, missä valmentaja heitti hänen vaatteensa penkille ja laittoi sormensa hänen huulilleen sanoakseen "Shhh...".

He seisoivat siellä hiljaa, alasti, heidän ruumiinsa tippumassa vedestä, kun he kuuntelivat tyttöjen puhetta. Se oli kolme naispelaajaa softball-joukkueessa. Ironista kyllä, se oli sama ryhmä uskonnollisia tyttöjä, jotka olivat löytäneet naisvalmentajan lesbon salaisuuden jokin aika sitten.

Kiero ironian tunne sai valmentaja
Bethyn vain hymyilemään ja ihailemaan
Erikan kauneutta läheltä, kun taas
Erikan selkä painui kaappia vasten.

"Älä pidä ääntä", valmentaja Bethy
kuiskasi.

Kun tytöt puhuivat äänekkäästi
keskenään, naisvalmentajan kieli suuteli
Erikaa, ja Erika suuteli takaisin niin
hiljaa kuin pystyivät.

Mutta valmentaja Bethy ei halunnut vain
suudella. Ei onnistu. Valmentaja putosi
polvilleen ja katsoi ylös pirullinen katse
silmissään. Tämä sai Erikan heti
hermostuneeksi. Hän tiesi, että jos
kokenut naisvalmentaja söi hänet, hän ei
voinut millään tavalla hillitä itseään. Ei
ollut vaihtoehtoa.

Valmentaja Bethy nosti toista Erikan jaloista ja asetti jalkansa penkille, jolloin Erikalle jäi leveä, märkä pillu. Valmentaja teki taas "Shhh..."-eleen ja alkoi syödä, puristaen hänen suunsa huulia vasten Erikan pillua.

puolestaan puristi leukansa kiinni. Erika painoi molemmat kämmenensä suunsa päälle vaimentaakseen mahdollisen melun. Hän pakotti itsensä olemaan hiljaa, kun naisvalmentaja antoi asiantuntevan suullisen esityksen; tuntea kielen syöksyvän sisään ja ulos, tuntea hänen häpyhuunsa imeytyvän ja joskus kuuman kielen välkkymisen klitorisissa.

Se sai hänet hulluksi, varsinkin kun joukkueen naispelaajia kuunteli raakoja vitsejä seksielämästään. Oli myös kiihottavaa salakuunnella näitä pelaajia samalla kun oli salainen lesbokohtaus valmentaja Bethyn kanssa.

Tunteet kasvoivat Erikan sisällä ja hän tiesi räjähtävänsä. Hän pelkäsi huutamista, koska heidät jäisi kiinni.

Hän naputti valmentaja Bethyä päähän ja suutti sanat: "Aion cumistella niin vitun kovaa."

Pysähtymisen sijaan valmentaja Bethy näytti vain kiihottuneemmalta ja teki uudelleen "Shhh..."-eleen.

Valmentaja Bethy palasi syömään Erikan pillua, tällä kertaa tarmokkaammin, ja työnsi kaksi sormea heränneen reiän sisään. Se riitti saamaan Erikan hulluksi. Ja se sai hänet kumartumaan.

Erika peitti oman suunsa kahdella kädellä ja teki kaikkensa välttääkseen huutamista. Hän tunsi nesteen tulvan naisvalmentajan suuhun, ja hetken hän mietti, nousisiko valmentaja Bethy ylös ja lyö häntä. Sen sijaan naisvalmentaja jatkoi imemistä. Selvästi valmentaja Bethy nautti sen juomisesta.

Kun se oli tehty, valmentaja Bethy nousi seisomaan ja halasi uutta suosikkinaispelaajaansa joukkueessa heidän alastomien ruumiinsa ja kovien nännensä kosketuksissa. He seisoivat siellä, katsoivat toisiaan silmiin ja kuuntelivat muiden tyttöjen vielä puhuvan. Naisvalmentajan suussa oli nestettä.

Lopulta muut naispelaajat lähtivät ja he olivat jälleen yksin.

"Voinko kertoa sinulle salaisuuden?" Valmentaja Bethy kysyi.

"Mitä tahansa."

"Tämä on itse asiassa valtava fetissi.
Tyttöjen/tyttöjen tekeminen
pukuhuoneessa näin. Se on minulle
valtava adrenaliini. Ei ole mitään
vastaavaa. Olen iloinen, että sain kokea
sen kanssasi."

Erika huokasi: "Vittu, se oli niin helvetin
kuuma. Luulen löytäneeni uuden
suosikkiharrastukseni."

"Tervetuloa maailmaani. Olet
ensimmäinen naispelaaja joukkueessani,
jonka kanssa olen koskaan huijannut,
enkä tiedä mitä tehdä. Selvitämme
tämän edetessämme, olettaen, että
haluat Sillä välin on jo myöhä, ja meidän
on parempi pukeutua."

He suutelivat taas suulle, mutta tällä
kertaa Erika maisteli omaa
ruiskutustaan naisvalmentajan suuhun.

Kun naisvalmentaja lopetti suudelman,
hän tarttui vaatteisiinsa ja käveli pois.

"Odota", Erika sanoi ennen kuin
valmentaja Bethy pääsi lähtemään.
"Anteeksi, että ruiskutin suuhusi noin.
En tarkoittanut."

Valmentaja Bethy hymyili: "Kuten
sanoin, olet herkullinen."

Istunto oli ohi ja valmentaja käveli pois,
vaatteet kädessään, paljas peppu
heilumassa joka askeleella Erikan
ihaillen.

LOPPU